Le der des ders

Roberto Demurtas

Le der des ders

Roman épistolaire

Édition: BoD–Books on Demand, info@bod.fr
Impression : BoD – Books on Demand, In de Tarpen 42, Nor-
derstedt (Allemagne)

Impression à la demande

Illustration : Roberto Demurtas

ISBN: 978-2-3224-3587-6
Dépôt légal : Décembre 2022

Du même auteur :

Désordre, *recueil de nouvelles*

LETTRE : 1

Mobilisation

Mercredi 11 juillet 2007

Ma bien chère petite,

Je trouve enfin le courage de t'écrire. Plus exactement, je reprends courage à l'idée de t'écrire. Depuis quelques jours, mon moral est au plus bas. Me voilà désormais bien loin du foyer. Loin de sa chaleur, de son intimité, de tous ces objets chargés du souvenir de ta présence. Je suis bien démuni. Je n'ai pu emporter avec moi que cette montre à gousset que tu m'avais offerte lors de notre première séparation, le jour du grand départ. Elle ne me quitte jamais, même s'il y a belle lurette qu'elle ne fonctionne plus. Elle était contre mon cœur lors des terribles épreuves que j'ai traversées. Elle m'a protégé lors des assauts désespérés de nos troupes, comme sous les pilonnages infernaux de l'ennemi. Aujourd'hui, alors que mes forces m'ont abandonné, que je suis livré à mon sort, impuissant, sur un lit d'hôpital, je contemple ce portrait de toi que renferme cette montre. Aujourd'hui comme hier, je me raccroche à cet objet qui après m'avoir prémuni des périls encourus, me préserve intact ton souvenir.

Si j'éprouve un certain soulagement à t'écrire, j'imagine que ma lecture attise tes inquiétudes. Mais rassure-toi, je ne suis pas encore arrivé à ma dernière heure. Les inspections sont fréquentes. Ce matin encore, un médecin m'a enjoint à ne pas quitter le lit. Il m'a recommandé repos et patience et promis un prompt rétablissement.

J'ignore pourquoi on me garde ici. Je n'ai plus la force de livrer un nouveau combat. Mais on s'acharne à me remettre sur pied. Ceux qui s'occupent de moi m'encouragent, au nom de la patrie, à poursuivre la lutte jusqu'au bout. Il semble encore une fois que des intérêts supérieurs priment sur ma propre volonté.

Je suis las. Je voudrais que tout cela soit terminé. Mon heure est passée. Je voudrais qu'on me laisse en paix. Je n'ai pas choisi d'être ici. Cela, je l'avoue sans honte. On est venu me chercher chez moi. Je n'ai pas eu mon mot à dire, on ne m'a pas écouté. Me voilà désormais dans ce lit, entouré de médecins et d'infirmières qui se sont jurés de me rétablir.

Je n'ai plus qu'un seul désir : te rejoindre. M'échapper de ce lieu, fuir cette agitation, trouver enfin le repos. A nul autre qu'à toi je ne peux confier mes tourments. Personne ici ne saurait les entendre. Ils mettraient cela sur le compte d'une dépression consécutive à mon état de fatigue. Ils m'accuseraient de vouloir abandonner ceux qui autour de moi restent mobilisés jour et nuit. On me traiterait de défaitiste.

Ceci, je ne pourrais le tolérer. Nous sommes bien loin du front et personne ici n'a idée de ce qu'a été mon expérience du feu. S'ils en avaient la moindre idée, sans doute m'accorderaient-ils plus d'égard. Certes, je ne suis point maltraité, mais s'ils savaient, peut-être modéreraient-ils leur ardeur à vouloir me rétablir coûte que coûte.

À quoi bon leur faire le récit de l'enfer des tranchées ? Sur le front j'étais un soldat comme les autres. Nos supérieurs nous commandaient comme un seul homme, ignorants de notre histoire singulière. Ici, je ne suis pas un patient différent de ceux qui m'entourent, malgré ce que l'on veut bien me laisser croire. Mon histoire n'intéresse pas davantage les médecins. Leur mission prime tout. Eux-mêmes semblent obéir à une autorité supérieure. On a décidé de me garder ici pour une raison qui me dépasse et que j'ignore. Peut-être que dans les jours qui viennent j'en saurai davantage. Quoi qu'il en soit, je te tiendrai au courant. Ne te fais pas trop de soucis pour moi.

Je reste ton fidèle petit soldat.

LETTRE : 2

Ordonnance

Vendredi, 3 août 2007

Ma chérie,

J'ai tardé à t'écrire car l'infirmière qui me prête sa plume a eu beaucoup de travail ces derniers jours. Je ne peux demeurer longtemps assis. Les tremblements de ma main m'empêchent de rédiger une lettre. Elle a accepté de le faire pour moi. Nous avons convenu du jour de la semaine où, lorsque le service le permettra, elle m'accordera un peu de son temps pour cette tâche.

Le moment est venu. Les soins sont terminés, le patron a bouclé sa tournée des chambres, elle s'est installée sur une chaise près de mon lit. Lorsque pour la première fois je lui ai demandé ce service, dans l'improvisation, elle s'est emparée du bloc-notes des températures accroché au pied de mon lit, a retourné la feuille et, avec le stylo rouge qui sert à tracer la courbe, a rédigé sur ses genoux le brouillon de la lettre que je lui dictais. J'apprécie sa spontanéité. Elle ne s'embarrasse pas de détails et se pose peu de questions. Elle a ce sens de la débrouille, que les hommes du rang acquièrent rapidement dans les tranchées pour accomplir les tâches quotidiennes avec les outils inadaptés qu'ils ont sous la main. Mais désormais, j'ai l'impression de ne plus être des leurs. C'est comme si j'avais pris du galon. Je jouis du privilège réservé aux officiers supérieurs de disposer de ma propre *ordonnance* pour rédiger mes lettres et les expédier à ma place.

Ainsi, mon ordonnance s'étonnait ce matin que tu n'aies pas répondu à ma première lettre adressée chez nous. Naïvement, elle m'a également demandé pourquoi tu ne m'avais point gardé près de toi pour m'éviter ce séjour qui me pèse tant. Je lui ai répondu que c'est moi qui te gardais près de moi. Elle n'a pas compris tout de suite. Alors j'ai ouvert la montre que tu m'avais offerte, pour lui montrer le portrait en noir et blanc qu'elle renferme. Cette photographie a été prise alors que tu n'avais que 17 ans. C'est l'image de toi que j'ai voulu emmener avec moi. Car c'est ce visage juvénile qui m'accompagnait lorsque la guerre nous a séparés. Le contempler me redonnait courage. Par la suite, chaque fois que je m'éloignais de toi, par superstition peut-être, c'est ce portrait qui était du voyage.

Pour éclairer mon infirmière, j'ai alors ajouté que je n'aurai pas longtemps à endurer ce séjour ;

l'obstination des médecins reculant l'échéance iné-luctable à mon âge : je te rejoindrai bientôt définitivement. Elle a rougi, confuse et soudain mal à l'aise face à ce papier à lettre sur lequel elle venait de coucher des mots destinés à une morte !

Il m'a bien fallu la rassurer sur mon état mental. Si j'ai passé allègrement les cent ans, je n'en suis pas pour autant devenu sénile. Je sais parfaitement ce que je fais. Si je t'écris à toi seule, c'est que tu es l'unique personne à laquelle je peux me confier dé-sormais. J'ai enterré une bonne partie de ma famille. Ceux qui me restent sont de générations avec les-quelles je ressens un grand décalage ; nous ne parvenons pas à communiquer. D'ailleurs, il ne s'est trouvé personne parmi mes proches pour assurer à plein temps la charge de me garder dans son foyer. Mon arrière-petit-fils, qui demeure le plus proche de moi, est fort accaparé par ses trois enfants. Et je préfère qu'il en soit ainsi. Plus que tout, j'ai toujours jalousé mon indépendance.

Dans l'élan patriotique du départ pour la guerre, je me souviens des embrassades avec ce camarade qui dissimulait mal son dépit de ne pouvoir me suivre parce qu'il avait été déclaré soutien de famille. Je n'enviais pas son sort. Non que je languisse alors d'aller au feu, mais j'avais hâte d'affirmer au régi-ment mon émancipation d'homme envers mes parents. Pas plus que je n'aurais aimé être soutien de famille à dix-huit ans, je ne veux être une charge pour celle qui me reste, même à cent ans passés.

Ainsi, aujourd'hui, je suis bien aise de ne pouvoir me prévaloir d'aucune assistance parmi ma descendance, même si c'est l'argument avancé pour mon transfert dans cet établissement médical. Mon état le nécessite, m'a dit le médecin. Moi je me sens assez gaillard pour retourner chez moi. Je m'accommode de l'aide à domicile qui m'accompagne quotidiennement pour les tâches au-dessus de mes forces. Ici, je suis entouré de toute une cohorte de médecins et d'infirmières qui veillent sur moi jour et nuit. Je trouve que l'on fait bien trop de cas de mes petits ennuis de santé.

La considération que l'on me manifeste n'est que formelle. On prend soin de moi comme on le ferait d'un livre ancien et rare. On le manipule avec précaution, eu égard à la préciosité de sa reliure en cuir, mais on se soucie peu de son contenu.

Mis à part ces petites contrariétés, mon état s'améliore. Je ne comprends pas pourquoi on prolonge mon séjour dans ce lieu. Le médecin-chef ne s'attarde pas lors de ses tournées. Il parle vite, oubliant qu'à mon âge j'entends désormais très mal. Il m'interrompt dans mes phrases pour terminer souvent à contre-sens les mots que je m'efforce de prononcer lentement afin de les rendre audibles. Comme la plupart de ses confrères, je crois qu'avant tout il veut éviter d'avoir à répondre à mes questions.

Le plus important est que je puisse continuer à t'écrire. Comme l'atteste cette lettre que tu lis, mon infirmière a accepté de continuer à me tenir lieu *d'ordonnance* tant que les « hostilités » n'auront pas pris fin. C'est-à-dire, tant qu'on me gardera ici. Je lui suis reconnaissant de passer outre ses réticences, pour me permettre de garder ce contact « spirituel » avec toi. Elle m'a promis de garder notre secret.

Je t'embrasse.

Ton petit soldat.

LETTRE : 3

Petits trafics

Vendredi 17 août 2007

Ma chérie,

Tu dois te poser beaucoup de questions sur le quotidien qui est le mien. La teneur de ma dernière lettre n'a sans doute pas manqué de t'inquiéter. Aussi, faut-il que je te parle de ce que sont mes journées ici. Il t'apparaîtra peut-être alors que je m'apitoie un peu trop sur mon sort et ce sera tant mieux.

C'est de l'ennui dont je souffre le plus. Ces journées d'été n'en finissent pas. De l'aube au coucher du soleil rien ne se passe. Je reste de longues heures sans ne percevoir aucun signe de vie. Seul se fait entendre depuis le parc le croassement des corbeaux. De mon lit je n'aperçois que les dernières branches des arbres qui se détachent sur un ciel uniformément bleu. Je reste retranché dans ma chambre. Dehors, il fait trop chaud. Les consignes dictées par le ministère sont claires : pas de sorties durant la journée pour les patients âgés. Je suis condamné à attendre. Attendre quoi ? Je suis bien en mal de répondre à cette question.

La nuit nous apporte un peu de fraîcheur et alors je parviens à trouver le sommeil. Dormir ! C'est tout le bonheur ici, car c'est l'oubli. Je m'évade en rêve. Je repars pour l'arrière. Je remonte le temps au gré de mes souvenirs et je te retrouve, ma douce et tendre, telle que je t'ai laissée, ce matin de 1916 où j'ai rejoint les rangs.

Le jour, j'en viens à perdre la notion du temps. J'essaye de deviner l'heure qu'il est à la clarté du ciel. Les corvées quotidiennes me donnent mes seuls repères. Il est 6 h 30 lorsque l'infirmière en faction durant la nuit pénètre dans la chambre. Elle m'annonce que la relève est arrivée. Son service est terminé. La femme de ménage est la deuxième personne à me dire « bonjour. » Elle papote un moment avec l'infirmière dans une langue que je ne comprends pas. Ici aussi, pour les tâches les plus ingrates, le personnel de couleur est en première ligne.

Brancardiers et aides-soignantes sont autant de valeureux fantassins mobilisés autour des patients. Aucune corvée ne leur est épargnée. Par leur courage ils m'inspirent de la sympathie. Aussi, je les sollicite peu et effectue moi-même tout ce dont je suis encore capable d'accomplir.

Ainsi, je crois avoir réussi à me faire apprécier du gros des troupes. J'ai gagné leur confiance. Certains se confient à moi. Ils me livrent leurs états d'âme, me racontent les problèmes du service. Une certaine solidarité s'est installée entre le personnel et moi. Ils savent désormais qu'ils n'ont plus à se cacher lorsque parfois ils transgressent le règlement. Je ferme les yeux lorsqu'ils fument en cachette durant la garde de nuit. Je leur adresse un sourire complice lorsque pour fêter un événement certains introduisent de l'alcool dans les locaux. L'autre jour, ils m'ont invité à me joindre à eux et offert un gobelet de champagne. Je n'ai pas refusé même si cela m'est formellement interdit. En agissant ainsi, j'ai enfreint l'autorité de leur chef de service et me suis implicitement rangé de leur côté.

Cette situation me vaut quelques petits agréments qui contribuent à rendre plus doux mon séjour ici. J'ai droit à des extras qui améliorent l'ordinaire des repas. Une sorte de marché noir, si j'ose m'exprimer ainsi puisqu'il s'accomplit par l'intermédiaire du personnel, s'est établi entre les patients. Ma part de cette compote que l'on nous sert chaque semaine et que je déteste a fait le bonheur d'une vieille dame qui me l'a échangée contre du chocolat. Par ce système, dois-je te le dire, j'ai récupéré une fiole que l'on me remplit régulièrement d'un fameux vin, dont, rassure-toi, je m'abreuve avec parcimonie. Ainsi, je compte mettre à profit les friandises que mon arrière-petit-fils tient à m'envoyer par colis, faute de pouvoir se déplacer, pour les troquer contre d'autres gâteries.

Tu vois que je ne suis pas trop à plaindre. Arrangements et petites combines me rendent l'épreuve moins pénible. Ici, comme au front, solidarité et débrouille sont de mise. C'est comme cela que j'ai survécu dans les tranchées, c'est ainsi que j'endure tant bien que mal ce séjour que l'on m'impose ici.

Te voilà rassurée, je l'espère.

Je t'embrasse tendrement.

Ton petit soldat.

LETTRE : 4

Marraine

Vendredi 24 août 2007

Ma chérie petite,

J'ai eu un coup au cœur l'autre matin. En pénétrant dans ma chambre une lettre à la main, mon *ordonnance* m'a annoncé, toute guillerette, que j'avais reçu une réponse !

Avait-elle perdu la tête ? Oubliait-elle que j'adresse mon courrier à une morte ? Ou, peut-être, me prenait-elle pour un vieux fou auquel on peut faire des farces sans que sa raison troublée ne décèle la tromperie ? Heureusement, son explication m'a rassuré sur son état mental, et sur l'opinion qu'elle avait du mien. Pour autant, je ne lui dissimulais pas mon désappointement. Mon infirmière ne me tendait pas une lettre de toi, mais une réponse à une petite annonce. C'est elle qui avait pris l'initiative, sans m'en référer, afin de me réserver une surprise, de faire paraître cette petite annonce sous la rubrique dédiée à cet effet d'un journal local. Je lui ai demandé avec insistance, pour la punir, de la retranscrire telle quelle ici :

« Vétéran de la Première Guerre mondiale, cherche dame sérieuse et honnête, pour correspondre avec lui et rompre l'isolement de sa retraite. »

Je ne la blâme pas. Elle pensait bien faire. Mais l'effet sur mon moral a été bien différent de celui escompté. Au lieu d'éclairer mon quotidien d'un jour nouveau, cela a ravivé en moi le souvenir de moments bien sombres. Voilà qu'elle venait de réinventer le principe des marraines de guerre. Je lui ai narré l'histoire de cet épisode de la Première Guerre dont elle ignorait tout.

Dans les tranchées, sous le feu ennemi, de jour comme de nuit, notre seule joie était d'entendre notre nom appelé par le vaguemestre lors de la distribution du courrier. Pour certains, ce moment n'arrivait jamais. Pour remonter le moral de ces malheureux, quelqu'un eut l'idée de leur trouver des correspondantes volontaires, sensibles à la détresse de ceux qui combattaient pour leur liberté. Des journaux diffusaient vers l'arrière les petites annonces rédigées par les soldats. Imagine le bonheur de celui qui bientôt recevrait la lettre d'une inconnue. Imagine son émotion en lisant ces mots, tracés d'une écriture fine et appliquée, par lesquels quelqu'un s'inquiétait enfin pour sa santé, son moral et l'encourageait à tenir bon. Pour celui-là, le combat reprenait enfin un sens. L'avenir redevenait porteur d'espoir : espoir de recevoir bientôt une nouvelle lettre et, peut-être, espoir de rencontrer un jour celle qui était devenue un objet de fantasmes.

Inévitablement, parfois, le moment tant attendu se soldait par une grande désillusion. Dans les tranchées, on racontait l'histoire de ce soldat qui était allé rendre visite à sa marraine de guerre au cours d'une permission. Quel ne fut pas son étonnement lorsqu'il découvrit que durant plusieurs mois, il avait passionnément correspondu avec une jeune fille tout juste âgée d'une dizaine d'années.

Mon infirmière était bien désolée de m'avoir ainsi replongé dans mes souvenirs d'ancien combattant. Elle qui espérait seulement me changer les idées. Pour plaisanter et lui montrer que je ne lui en voulais pas trop, j'ai ajouté que durant la guerre, pour ceux qui trouvaient une marraine, cela signifiait également recevoir enfin des colis. Du chocolat des biscuits, des cigarettes… Un réconfort tout aussi doux que celui de correspondre avec une femme inconnue. Malheureusement, certains avaient trouvé le filon et multiplié déraisonnablement les marraines de guerre pour recevoir quantité de colis afin de revendre leur contenu aux camarades moins chanceux. Aussi, j'ai suggéré à mon *ordonnance* que nous pourrions en faire autant afin d'alimenter le petit trafic que nous avons mis en place entre les patients !

Nous avons finalement bien ri. Elle a accepté de reprendre la lettre et d'appliquer désormais mes consignes : intercepter les missives des futures candidates et les détruire.

Rassure-toi, tu n'auras pas de rivale. Je n'ai même pas ouvert cette lettre. Je te reste fidèle même après ta mort.

Lors de la nuit qui a suivi, j'ai fait un rêve. Mon heure était venue, on m'accordait enfin mon ultime permission. J'allais à la rencontre de celle avec laquelle j'avais gardé une liaison épistolaire à cent ans passés. À ma grande surprise, mais pour mon bonheur, je trouvais une jeune fille, telle que je l'avais laissée sur un quai de gare par un triste matin de 1916.

Ton petit soldat.

LETTRE : 5

Innocent

Vendredi 5 septembre 2007

Ma chérie,

Il m'a fallu calmer ma colère avant de pouvoir t'écrire à nouveau et te raconter l'injustice dont je suis la victime. J'en suis encore tout chamboulé. Mais je vais quand même essayer de te raconter ce qui m'est arrivé.

Hier matin, profitant de la belle journée qui s'annonçait, j'ai sollicité la permission de me promener dans le parc. Deux infirmiers m'ont porté jusqu'à mon fauteuil roulant, puis l'un d'eux m'a conduit jusqu'au bord de ce charmant bassin où les oiseaux se rafraîchissent à l'eau qui jaillit d'une fontaine. Il m'a laissé là en compagnie de quelques autres pensionnaires assis sur les bancs répartis tout autour. J'y étais fort à mon aise, à l'abri d'un saule dans la douceur de cette matinée. Bercé par la musique d'un léger vent jouant des feuilles de l'arbre, je me suis assoupi.

C'est la chaleur des rayons du soleil sur ma joue qui m'a réveillé. J'étais toujours au même endroit, face à mon bassin, au sein d'un parterre désormais clairsemé de patients. Seule l'ombre du saule s'était déplacée, m'exposant au feu d'un soleil désormais à son zénith. J'ai appris dans les tranchées à lire précisément l'heure à la position de l'astre dans le ciel. À quelques minutes près, j'avais la certitude qu'il devait être alors onze heures. Pour avoir observé depuis des semaines, par ennui, les rondes et relèves du personnel, je sais qui est de service tel jour et à telle heure de la journée. Je savais donc avec certitude qu'à onze heures l'infirmier qui m'avait conduit ici était désormais attablé au réfectoire pour sa pause-déjeuner. Celui-ci avait dû oublier de signaler à la relève ma présence ici. Ce qui expliquait qu'on m'ait laissé dans le parc plus longtemps qu'à l'accoutumée.

J'étais donc livré à moi-même, désarmé face à l'assaut implacable des rayons d'un soleil ardent. J'ai alors sollicité l'aide d'un homme assis sur un banc près de moi. Il me semblait suffisamment valide pour déplacer le fauteuil dont mon état me fait aujourd'hui dépendre. Aussi, je lui demandai aimablement de bien vouloir me conduire au bout de l'allée qui mène au portail d'entrée de l'établissement. Là, se dresse un grand chêne feuillu qui dispense la fraîcheur de son ombre même aux heures les plus chaudes de la journée. L'homme accepta de m'y amener. Et c'est au pas lent et chancelant de mon obligé que nous nous dirigeâmes vers mon arbre.

Nous n'étions alors plus qu'à quelques mètres du portail quand, au loin, une voix hurla mon nom et stoppa net notre progression. Je penchais la tête en arrière et reconnus l'infirmière en chef accompagnée d'un brancardier, courant tous les deux dans notre direction. Arrivé sur nous, le brancardier agrippa les poignées du fauteuil auquel il fit faire volte-face. Brusquement, je me retrouvai devant l'infirmière qui se dressait devant moi, mains sur les hanches, le regard sévère.

« Où allez-vous comme cela ? Me demanda-t-elle, vous ne vous plaisez pas avec nous ? » Et, avant que je n'aie le temps de comprendre : « Je suis prête à passer sous silence votre tentative de fuite, eu égard à vos brillants états de service, ajouta-t-elle le sourire en coin. Je ne crois pas que le médecin-chef apprécierait votre initiative. » Je n'eus pas même le temps d'ouvrir la bouche, que, par un élan violent, le brancardier mit en branle mon fauteuil en direction du bâtiment.

Tu imagines ma colère. On m'avait jugé et condamné sans même m'avoir entendu. Quand je voulus clamer mon innocence, celle qui m'avait accablé était déjà loin. Elle m'avait abandonné à ce bourreau qui, lentement, comme pour augmenter mon supplice, me fit traverser tout le jardin entre une rangée de pensionnaires curieux. Tous me fusillaient de leurs regards réprobateurs. Mais personne n'osa dire le moindre mot : j'étais condamné pour l'exemple. Lorsque nous arrivâmes enfin au seuil de mon pavillon, le médecin-chef se tenait là, immobile et raide, le menton levé. Nous passâmes devant lui sans qu'il ne baisse les yeux vers moi. Ce regard qu'il me refusa fut comme un coup de grâce.

Je t'écris cette lettre pour te dire que je suis innocent de ce dont on m'accuse. Pardonne-moi pour la peine que te causera le déshonneur que l'on m'inflige.

Post-scriptum :

La sanction est tombée. Dans une lettre que l'on m'a remise ce matin, mon arrière-petit-fils m'annonce sans plus de détails qu'il ne pourra venir me chercher ce dimanche. Le repas de famille où il m'avait invité est reporté.

Je ne suis pas dupe. Me voilà privé de permission jusqu'à nouvel ordre. Telle est l'injuste peine que l'on administre à l'innocent que je suis.

Je t'embrasse tendrement, toi qui dans cette épreuve demeures mon seul soutien.

Ton petit soldat.

LETTRE : 6

Deuil

Vendredi 14 septembre *2007*

Ma chérie,

Le médecin-chef est venu en personne m'apporter la nouvelle. Je n'en ai pas saisi immédiatement la portée. Le ton solennel qu'il avait emprunté pour me l'annoncer sonnait faux : « Le deuxième classe Loiseau Marcel est mort ! »

Il a marqué un temps pour souligner la gravité du moment. J'étais bien embarrassé. Attendait-il de moi l'expression d'une quelconque affliction ? Je ne connaissais pas cet homme. Aujourd'hui encore, je conserve une mémoire vive. Tout le monde s'en étonne et m'en félicite. De chacun des soldats qui formaient ma compagnie, j'ai gardé le souvenir. J'étais alors habité d'une conviction attisée de superstition : il me fallait conserver de mes camarades une image fidèle. Un jour, si Dieu me préserve, il serait de mon devoir d'évoquer à leur famille le souvenir de celui qu'elles ont perdu et dont peut-être, emporté par le souffle d'un obus, il ne resterait plus rien. Mais ce Loiseau Marcel ne m'évoquait rien.

Le médecin-chef a ajouté qu'il était mort dans son lit, sans souffrir, entouré des siens. Dès lors, il ne m'était plus possible de plaindre cet homme : moi, je n'aurai pas cette chance puisqu'on me retient ici contre mon gré. Même si je suis bien entouré, que l'on prend soin de moi, j'aspire à une retraite paisible loin du tumulte qui m'entoure désormais.

Puis l'émotion du médecin-chef est passée de la tristesse à une sorte l'allégresse pour me dire que désormais j'étais le dernier ! « Le dernier quoi ? » Lui ai-je demandé, hagard. « Le dernier poilu » m'a-t-il dit. Je suis resté interloqué, bouche bée. Sans doute a-t-il lu de l'incrédulité dans mon regard. Il m'a alors précisé que j'étais le dernier poilu encore en vie, non pas de ma compagnie, mais de toute l'armée française !

Il m'a fallu encore un moment avant de réaliser. Te rends-tu compte ? Tous ceux qui en sont revenus, entiers ou blessés, intègres ou amputés, beaux comme défigurés, tous ceux que la broyeuse de chair à canon a bien voulu rendre (en l'état), ne sont plus. Il ne reste que moi.

J'ai gardé le silence. Je pensais à tous mes compagnons de tranchées. À ceux que j'ai vus mourir, à ceux qui ne sont jamais revenus de mission, à ceux qui se sont jetés dans mes bras le jour de l'Armistice. J'ai pensé à ceux que j'ai revus plus tard dans le civil, à ceux que j'ai retrouvés à l'occasion d'une commémoration ou à l'enterrement de l'un des nôtres. Tous, désormais, étaient morts. C'est ce que m'annonçait le sourire aux lèvres cet imbécile de médecin-chef !

Aurais-je pu imaginer lorsque explosaient les obus à quelques mètres de moi que je deviendrai un jour non pas seulement le dépositaire du souvenir de mes camarades, mais également celui des millions d'hommes qui ont souffert de cette guerre. Les canons et les cris de douleur se sont tus en 1918. Quatre-vingt-dix ans plus tard, la voix de ceux qui en furent les témoins ne se fera plus entendre.

Médecins et infirmières se sont rassemblés autour de mon lit. Tous arboraient le même sourire stupide. Chacun semblait vouloir prendre part à l'événement, à ce moment historique. L'ambiance était à la fête, en ce jour où, loin d'ici, quelque part en France, on pleurait ce pauvre Loiseau Marcel.

Depuis que l'on m'a amené ici, jamais je ne me suis senti aussi seul qu'au centre de cette assemblée de blouses blanches. Peux-tu l'imaginer ? Soudain j'avais la nostalgie d'un autre uniforme. L'uniforme bleu de l'infanterie. Celui que mes camarades et moi portions dans les tranchées. Il était alors synonyme de solidarité et de fraternité. Nos destins étaient liés, à la vie à la mort, tous égaux face au sort qui pouvait décider de nous à tout instant. Nos regards et nos silences disaient ce que nous n'aurions pu exprimer avec des mots. Ici, dans cette chambre, au milieu de cette troupe, personne n'aurait pu comprendre mon mutisme et, dans mes pensées, j'étais désormais trop loin d'eux pour entendre leurs futiles bavardages.

Aujourd'hui, le souvenir de mes compagnons d'infortune ne m'a pas quitté. Là où tu es, embrasse-les tous pour moi.

Ton petit soldat.

LETTRE : 7

Torchon

Ma chérie,

J'ai insisté auprès de mon infirmière, mon *ordonnance*, comme je l'appelle pour plaisanter, bien que je n'aie point le cœur à cela, afin qu'elle m'accorde aujourd'hui, exceptionnellement, encore un peu de son temps pour t'écrire cette lettre. Comme chaque matin, elle vient de me faire la lecture du journal. Figure-toi que dans la dernière édition un article m'est consacré. Depuis que je suis devenu officiellement le dernier poilu encore en vie, le croiras-tu, ton petit soldat est désormais une attraction. Mais cela ne me réjouit guère, car ce qui y est relaté ici m'a mis d'une humeur détestable. Ma colère, dont je vais t'expliquer la raison, avait besoin d'un exutoire. Elle se trouvera peut-être apaisée par la transcription qu'en fera de sa plume mon infirmière.

Je ne sais contre qui diriger mon courroux. Contre ce jeune journaliste immature que sa hiérarchie a semble-t-il envoyé ici contre son gré, où contre le médecin-chef qui a tenu à assister à notre entretien sans vouloir comprendre que cela me dérangeait. Toujours est-il que ce qui est relaté dans ce canard n'est que mensonges. Ce « bleu » a été désigné pour venir jusqu'ici accomplir une mission pour laquelle il n'a pas les compétences. Son inexpérience du terrain et sa naïveté ont servi les intentions coupables du médecin.

L'article ne relate de notre conversation que la partie la plus futile. On y parle de mon cadre de vie, de mon quotidien et de la teneur de mes repas. J'ai eu bien du mal à diriger l'entretien vers ce qui me préoccupe réellement. Cela ne semblait pas susciter l'intérêt de ce jeune homme. Mais cela n'explique ni ne justifie que mes propos aient été ainsi tronqués. Je ne suis pas naïf. Le médecin qui a tenu si obligeamment à raccompagner notre journaliste y est sans doute pour quelque chose. Il demeure que l'idée que se feront les lecteurs de ma situation sera complètement faussée.

À lire l'article, ici tout se passe pour le mieux dans le meilleur des mondes. Le moral des troupes est au beau fixe. On me décrit « fringant et enjoué » « Heureux de défendre, aux côtés d'une équipe entièrement dévouée, la fierté de notre nation. » Selon eux, je ne crains ni la souffrance ni la mort et je suis prêt à mener le combat jusqu'au bout.

Voilà ce que ce journal va répandre dans l'esprit de ceux qui ne se doutent pas de la réalité de ma situation. Tout cela n'est que pure désinformation orchestrée par la hiérarchie du corps médical. Comment pourraient-ils justifier l'effort budgétaire et humain mobilisé dans cette bataille, si le peuple avait idée du tourment et de la douleur que cela me procure ? L'enjeu me dépasse désormais. Je ne suis qu'un pion sacrifié à une cause à laquelle je n'adhère pas.

T'écrire est mon seul réconfort. Tu es la seule personne à qui je peux me confier sans craindre de voir mes propos relativisés ou démentis. Ici, on n'accorde aucun crédit à mes lamentations. Mes plaintes sont accueillies avec un sourire entendu. On les considère comme s'il s'agissait de pleurnicheries d'enfant. Je n'ai jamais été aussi seul que depuis le jour où l'on a décidé contre moi de m'entourer de toutes les attentions. Désormais, je fais même les titres de l'actualité. Et, alors qu'aujourd'hui tous les Français suivent le combat dans lequel je suis engagé, je me sens, davantage encore qu'au temps de la guerre, étranger au cours de l'histoire.

De rage, j'ai froissé les pages du journal que l'infirmière m'avait approché du visage afin que j'y distingue la photo qui accompagne l'article. Le médecin-chef avait tenu à poser après de moi. L'œil de ce journaliste est à la hauteur de sa plume. On me distingue face à la fenêtre de la chambre, dans un contre-jour qui assombrit mes traits et me rend méconnaissable. À mes côtés, me prenant cavalièrement par l'épaule, on reconnaît le médecin à la blancheur de ses dents que dévoile un large sourire. Son expression contraste avec celle de mon visage que j'ai gardé ostensiblement fermé. Je voulais qu'on y lise la réalité de mon état d'esprit et de la situation qui est la mienne.

Mais je ne me fais guère d'illusions. Par sa piètre qualité, cette photo me dessert à l'unisson du texte qu'elle accompagne. Peu m'importe après tout. C'est envers toi seule et personne d'autre que je souhaite rétablir la réalité des faits par le moyen de cette lettre. Puisses-tu, là où tu es, en faire bonne réception.

Je t'embrasse tendrement.

Ton petit soldat.

LETTRE : 8

Permission

Ma chérie,

Je suis bien rentré de la permission que l'on m'a accordée ce dimanche. Mais tu me trouves aujourd'hui fatigué et le moral au plus bas. Je vais probablement t'étonner en te disant que c'est sans regret que j'ai quitté notre arrière-petit-fils et sa famille.

L'accueil qui m'a été réservé et la chaleur de leur foyer m'ont tout d'abord réconforté. Mais que veux-tu, j'ai bien vite constaté qu'un abîme s'est creusé entre eux et moi. Leur quotidien est si éloigné du mien. J'ai retrouvé chez eux cet égoïsme et cette indifférence qui caractérise le peuple de France aujourd'hui. Ce qu'on leur a rapporté de ma situation et ce qu'ils en ont lu dans les journaux est bien éloigné de ce que je vis. Mais ceci ils ne sont pas disposés à l'entendre. Quand bien même je trouverais les mots qu'ils n'y accorderaient qu'un crédit tout relatif. D'ailleurs, ils ne me posent aucune question, exceptée sur ma santé. Ils m'encouragent à poursuivre ce combat que là-bas tous veulent croire victorieux. Ils rejettent avec condescendance mes objections. Ils se disent fiers de moi et de mon courage quand, en réalité, j'ai perdu toute volonté de lutte et que mes forces m'abandonnent.

C'est ainsi qu'ils m'ont rapidement contraint au silence. J'ai subi sans protester les rituelles attentions par lesquelles ils pensent me réconforter et s'attirer ma gratitude : le petit dernier sur les genoux, les plats dont ils me savent friand et qui ne réussissent qu'à me donner le regret de la façon dont toi seule savais les préparer. Enfin, la traditionnelle photo de famille, tous rassemblés autour de moi dans une mise en scène pathétique. C'est ainsi que j'ai prétexté une fatigue soudaine pour écourter mon calvaire.

Que n'avais-je pas fait là ! J'ai réussi à créer un mouvement de panique autour de moi. Notre arrière-petit-fils s'est précipité sur le téléphone et a composé le numéro du médecin de garde. Il semblait désemparé. À l'autre bout du fil, son interlocuteur est finalement parvenu à le calmer. On lui envoyait une ambulance pour me rapatrier. J'avais beau leur dire que ce n'était rien, que déjà j'allais mieux, mais personne ne m'écoutait. On m'a allongé sur un lit, retiré ma cravate et mes chaussures. Dans cette position, silencieux et immobile, tel un mort que l'on veille, j'ai attendu les secours. Alors, résigné, j'ai fermé les yeux. Durant ce long moment, j'ai imaginé que je n'étais plus de ce monde. Tout ce cinéma était terminé. Enfin je trouvais la paix. Dans mon imagination j'accomplissais ce dernier voyage qui me ramenait auprès de toi.

Un hurlement de sirène m'a tiré de mon sommeil. J'ai vu débouler dans la chambre le médecin-chef en personne accompagné de ses assistants encombrés d'un impressionnant attirail médical. J'ai compris combien, aujourd'hui centenaire, ma santé était devenue un enjeu national, alors que quatre-vingt-dix ans plus tôt, on aurait sacrifié sans hésiter la vie du jeune homme que j'étais encore au nom de la patrie.

Je suis de retour sur mon lit d'hôpital qu'on m'interdit désormais de quitter jusqu'à nouvel ordre. Je n'en ai nullement l'intention. Peu m'importe si l'on ne m'accorde plus de nouvelle permission suite à cette lamentable expérience. Je ne souhaite plus avoir de contact avec la vie civile. Plus que jamais, je me sens étranger au monde qui m'entoure. Et puis, je me suis habitué à la routine du service. Le moment des soins, des repas, du lever et du coucher reviennent à heures fixes. La discipline qui règne ici me rappelle celle du régiment. Ces règles, qui au début étaient des contraintes, sont désormais les repères rassurants de mon quotidien.

T'écrire est devenu ma seule distraction. Elle suffit à me consoler du sort qui est le mien. J'attends toujours avec impatience ce jour de la semaine où nous avons convenu, mon infirmière et moi de nous consacrer à cette tâche. Mon *ordonnance*, est toujours fidèle au poste. Dévouée et conciliante, elle a renoncé à me questionner sur le bien-fondé de cette correspondance, le jour où elle a compris la signification pour moi de ces lettres qu'elle rédige désormais avec beaucoup d'application. Aussi, le moment étant venu de te quitter, je me permets, exceptionnellement, de vous embrasser bien fort toutes les deux.

Ton petit soldat.

LETTRE : 9

Nomination

Vendredi 19 *octobre 2007*

Ma chérie,

Voilà plusieurs jours que je pressentais que quelque chose allait se passer. Tout le personnel semblait en émoi. J'ai surpris deux infirmières en train de parler à voix basse dans le couloir. Elles se sont tues, confuses, lorsque le médecin est apparu. Ces derniers temps, celui-ci paraissait préoccupé et démobilisé. Lui, d'ordinaire si loquace lors de ses tournées quotidiennes, se montrait désormais plus réservé, comme absent.

La semaine dernière, il m'a annoncé ce qu'une dame de l'entretien, indiscrète, m'avait laissé entendre. Je n'ai d'abord pas saisi où il voulait en venir. Il a commencé par me dire que l'été que nous venions de traverser avait été rude pour le camp adverse. Les Allemands avaient dû déplorer la perte de deux soldats. J'étais étonné que cette nouvelle ait pu le mettre dans un tel état. Aussi, j'ai ironisé sur le caractère inéluctable d'une telle échéance. Je lui ai fait remarquer comment le destin pouvait être cruel pour les anciens combattants : durant la guerre, l'hiver était la saison la plus meurtrière ; désormais, se sont les fortes chaleurs de l'été qui déciment les rangs !

Mais j'ai bientôt compris que la disparition de ces deux hommes avait eu des conséquences sur le cours des événements. Ceux-ci partis, il ne reste en face qu'un seul combattant allemand encore vivant. Là-bas, il est désormais le dernier à s'accrocher à la vie et à défier l'équipe médicale qui m'entoure ici dans son acharnement à prolonger la mienne.

Dorénavant, l'issue ne se fera plus longtemps attendre. L'enjeu engage la nation entière. La victoire médicale est proche. Elle repose sur ma survie au-delà des derniers jours de cet adversaire dont je ne sais rien. Voilà donc la vraie raison de mon séjour ici. Le moment est venu pour l'assaut final. Les autorités ont pris conscience de l'enjeu. La hiérarchie médicale a décidé d'une offensive décisive.

Pour la conduire, elle a choisi de nommer au poste de médecin-chef l'un de ses meilleurs praticiens. Celui-ci a en charge de motiver les troupes par le prestige dont il est auréolé du fait de ses brillants états de service. Il a pour mission de les conduire à donner le meilleur d'elles-mêmes afin que la victoire revienne à notre camp. De cette décision, l'homme abattu que j'avais devant moi a fait les frais. Il n'a pas pu s'opposer au choix de sa hiérarchie. Malgré lui, il doit accepter la mutation qu'on lui impose. Il va désormais se retrouver loin du front de l'actualité.

La passation de pouvoirs s'est effectuée le lendemain. Le médecin-chef m'a présenté son successeur. C'est un homme déjà âgé, peu loquace, droit et fier, que j'ai trouvé distant vis-à-vis de son confrère. Celui-ci, respectueux du protocole, n'a rien laissé paraître de ses états d'âme lorsqu'il a exposé la situation, un bilan de ma santé, une revue du matériel et des effectifs humains mis en œuvre pour la préserver. Mais il n'a pas pu aller au bout de son rapport. De façon autoritaire, le nouveau patron a pris la parole pour me dire que beaucoup de choses allaient changer, que des moyens supplémentaires seraient mis en œuvre pour que soit menée à bien la mission qu'on lui a confiée. À savoir, ainsi que je le comprends, me garder en vie le plus longtemps possible.

Il a ensuite tourné les talons, me laissant seul avec son confrère. Celui-ci me fit ses adieux, visiblement ému et me souhaita bonne chance pour la suite des événements, d'un ton plein de sous-entendus.

Depuis, j'ai pu constater que les infirmières partagent mes réticences envers le nouveau venu.

Désormais, entre nous, c'est à voix basse que nous parlons du « *Généralissime.* » Je l'ai surnommé ainsi eu égard aux grands airs dont il ne se départit jamais lorsque, en compagnie de l'équipe médicale, il passe en revue l'effectif des chambres.

Ses tournées sont d'une grande ponctualité. Ses inspections toujours minutieuses, tant pour le relevé de mes examens médicaux quotidiens que pour la tenue des infirmières ou la propreté de la chambre. Une discipline de fer règne désormais dans le service. Nous devons faire preuve de la plus grande discrétion, mes complices et moi, pour que notre petit commerce ne soit pas découvert. Nous sommes désormais plus unis que jamais face à l'autorité despotique du *Généralissime.*

J'ai le pressentiment que des choses vont se passer. Je te tiendrai au courant.

Ton petit soldat.

LETTRE : 10

Assaut final

Vendredi 9 novembre 2007

Ma chérie,

Voilà une semaine que l'on m'a affecté à un nouveau poste. Si tu voyais la chambre où je me trouve désormais, tu n'en croirais pas tes yeux. Celle-ci est équipée de tout le confort moderne. Elle a été rénovée spécialement pour moi, m'a-t-on dit. Elle est bien plus spacieuse que celle que j'occupais auparavant. Cela a permis d'y installer toute une panoplie d'engins médicaux flambant neufs. Mais contrairement à ce que tu pourrais imaginer, tout cela ne me réjouit guère.

Le *Généralissime* m'a assuré que désormais l'hôpital disposait du dernier cri en matière d'appareils de soins et d'examens de santé. Celui-ci n'était pas peu fier d'avoir obtenu tout cet équipement. Les lettres adressées à sa hiérarchie ont fini par remonter jusqu'au cabinet du ministre. Il y mettait en avant la position stratégique qu'occupe désormais son hôpital dans la perspective du combat final où je suis engagé. C'est entre ces murs que se trouve le dernier poilu français. C'est ici que va se jouer la bataille décisive contre l'éternel adversaire allemand. La victoire finale ne peut être remportée sans un effort de guerre conséquent.

Ainsi, des crédits supplémentaires ont été débloqués pour renforcer nos positions. Mais ce n'est pas tout. Au matériel qui nous a été acheminé, se sont ajoutés des renforts en effectif. Les nouvelles recrues se sont présentées à moi ce matin. Comme pour une inspection, alignées au pied de mon lit en tenue réglementaire, elles ont décliné leurs noms et fonctions à l'invitation du *Généralissime*. Certains membres du personnel avec lesquels j'avais noué des liens ont été remplacés et mutés vers d'autres secteurs. Heureusement, mon *ordonnance* a échappé à ce redéploiement des troupes. Mais les petites combines et autres arrangements que nous avions instaurés ont pris fin. J'ose espérer qu'il ne s'agit pas là de mesures disciplinaires. Je ne peux de toute façon m'en enquérir auprès des nouvelles recrues, sans trahir notre secret et prendre le risque de causer du tort à mes complices.

Toutes ces manœuvres, qui donnent tant de baume au cœur du patron, contribuent dans le même temps à miner mon moral. Toute cette agitation ne laisse rien augurer de bon. Une certaine fébrilité règne dans les rangs. Je pressens l'imminence de l'assaut final où je serai inévitablement en première ligne.

Cette attention exceptionnelle qu'on me porte en tant que dernier poilu encore vivant, je la ressens comme une injustice. Certes, me diras-tu, tout autre soldat, se serait porté volontaire pour avoir le destin qui est le mien. Mais le hasard m'a désigné, car il ne s'agit que de cela, Dieu n'y est pour rien, lui qui était absent durant les horreurs de la guerre. Nous sommes tous égaux devant le hasard, comme nous l'étions tous, soldats de ma compagnie, face au danger. Je me sens dans la peau de celui que son supérieur a désigné de façon arbitraire parmi tous ses camarades pour accomplir une mission à laquelle tous rechignent. Je me sens dans la peau de celui qu'on envoie seul, à la nuit tombée, pour tenter d'ouvrir une brèche à la cisaille dans les barbelés qui protègent les lignes ennemies. Je suis celui qu'on choisit pour porter un message sous le feu de l'artillerie adverse. Celui qui doit ramener le corps d'un des nôtres tombé à portée de fusil de ses bourreaux. Aujourd'hui, je n'ai pas d'autre choix que d'accomplir la mission que m'impose l'autorité médicale : rester en vie le plus longtemps possible, au-delà de ma propre volonté, au-delà de mes forces.

Désormais, il ne se passe pas une heure sans que l'on vienne s'inquiéter de ma santé et contrôler la cohérence de mes réponses avec les informations que les machines qui m'entourent diffusent à longueur de journée. La nuit, la garde a été doublée, l'intervalle entre les rondes réduit de moitié. Mon sommeil s'en trouve perturbé. Aussi, le jour, je suis bien plus fatigué. Les machines ont transmis l'information aux infirmières qui ont alerté le *Générallissime*. Celui-ci a ordonné des examens complémentaires, et mis en branle son artillerie médicale.

Me voilà lancé pour l'assaut final, sous le feu des médications et des examens de toutes sortes. Je suis la victime d'un acharnement irraisonné. Quand cela finira-t-il ?

J'ai plus que jamais hâte de te rejoindre. Certains jours des idées noires me traversent l'esprit. J'ai réfléchi au moyen d'échapper à cet enfer. Non point, rassure-toi, en mettant fin à mes jours sous une salve de cachets, cette solution heurte mes convictions. Mais dans les tranchées, de désespoir, certains avaient eu le courage, ou la lâcheté selon le point de vue, de s'automutiler, par exemple en se tirant une balle dans le pied. Ainsi, ils étaient pour un temps rapatriés vers une unité médicale, loin du feu. Le plus terrible dans ma situation aujourd'hui, est que la moindre atteinte par moi-même à mon intégrité physique n'aurait pour autre conséquence qu'accroître l'acharnement mis à me soigner et ceci dans le lieu même que je veux fuir, puisque désormais, mon champ de bataille est cet hôpital !

Je ne sortirai de cet enfer que les pieds devant. J'accepterai, quel qu'il soit, le sort fait à mon âme. Abandonnant mon corps, je me libérerai enfin définitivement de ce lieu avec l'espoir de te rejoindre peut-être au Paradis.

Je t'embrasse.

Ton petit soldat.

LETTRE : 11

Commémorations

Vendredi 16 novembre 2007

Ma chérie,

Ce dimanche dernier n'a pas été de tout repos. Pourtant, je m'y étais préparé. Voilà plusieurs semaines qu'ici on ne parle que de cette date : le 11 novembre. Car cette année, les commémorations de l'Armistice devaient forcément prendre une tournure particulière. Comme le veut la tradition, on honore ce jour-là les anciens combattants. Or désormais il n'en reste plus qu'un et je suis ce pauvre bougre.

Branle-bas de combat depuis une dizaine de jours. L'établissement a été remis à neuf. Grand nettoyage et rafraîchissement. Les odeurs de peinture venaient m'incommoder jusque dans ma chambre. La façade de l'hôpital a été pavoisée. Depuis ma fenêtre, j'ai pu constater que les jardiniers avaient fait de gros efforts d'imagination pour fleurir le parc de façon outrancière.

Au matin du jour « J », l'excitation et la fébrilité étaient à leur comble dans le service. On s'était occupé de moi en priorité. J'étais toiletté, rasé et habillé avant tous les autres. Assis sur mon fauteuil roulant, dans un complet veston, la cravate ajustée avec soin par une infirmière, j'attendais la suite des événements près de la fenêtre de ma chambre.

Mais les réjouissances avaient, semble-t-il, pris du retard. Or, je ne peux demeurer longtemps assis sans en éprouver d'embarrassantes douleurs. Ajoutée à cela, la chaleur excessive qui règne dans les chambres me rendait pénible le port du costume cravate.

Je m'en suis plaint aux infirmières. En vain. Il a fallu que j'insiste lourdement pour qu'on prenne en compte ma requête. L'arrivée des officiels étant annoncée comme imminente, aucune ne voulait prendre la responsabilité de m'ôter ce costume. Au cours du briefing de la veille, le *Généralissime* leur avait donné des consignes précises. La cérémonie devait se dérouler dans le respect du protocole qu'il avait lui-même réglé jusque dans les moindres détails.

J'ai dû brandir la menace d'un scandale public, qui leur aurait été plus préjudiciable encore qu'une dérogation aux consignes, afin d'obtenir qu'on me dénoue ma cravate et qu'on déboutonna mon veston. Je profitais ensuite de cette brèche ouverte dans la rigidité institutionnelle pour pousser l'avantage et exiger qu'on m'allonge un moment sur le lit. Le renfort de deux brancardiers fut nécessaire à la manœuvre. Enfin, je me relaxais, tandis que la tension montait parmi le personnel aux aguets, dans la crainte d'une inspection de leur supérieur.

Il y a des jours où tout tourne de travers. J'étais pourtant prêt à me montrer docile désormais pour ne pas accroître davantage le stress du personnel. Mais soudain, une envie pressante et irrépressible monta en moi. À peine avais-je exprimé le souhait qu'on me conduise aux commodités, qu'un cri d'alerte nous parvint depuis le couloir : les officiels étaient aux portes de l'hôpital !

Moment de panique. Que faire ? À mon âge et dans mon état, cet acte banal du quotidien implique des manœuvres et une logistique conséquentes. Le temps nous était compté. Il fallait prendre une décision dans l'urgence. L'infirmière en chef prit sur elle de renoncer à l'entreprise. On ne pouvait faire attendre à la porte des toilettes l'aréopage d'éminences qui s'annonçait. Elle ordonna, ses subalternes exécutèrent, sans même me consulter. Ni une, ni deux, je me retrouvais pantalon et caleçon aux chevilles, pistolet entre les jambes ! Une infirmière remonta un drap sur mon intimité tandis qu'une autre resserrait mon nœud de cravate. Il était temps ! Le cortège pénétrait dans la chambre.

Dans l'inconfortable position que tu imagines, je vis défiler devant moi les plus hauts représentants de l'état : préfet, députés, ministres. J'étais à l'honneur. L'objet de tous les regards auxquels un simple drap blanc dissimulait le ridicule de la situation. Pris de court, et mal à l'aise de par les circonstances, j'ai bredouillé des réponses monosyllabiques aux questions convenues sur mon moral et ma santé. Le ministre des armées m'a dit sa fierté d'être auprès de moi en ces heures historiques pour la France. Mais je n'ai pas retenu grand-chose du discours dont il nous a gratifiés. Je me souviens seulement qu'il a conclu en me disant que toute la nation est unie derrière moi, puisque je suis le dernier, celui sur qui reposent tous les espoirs de vaincre un adversaire désormais réduit au même effectif. Grâce à la supériorité de nos moyens, à notre avance technologique, il n'est plus permis de douter du succès. Nous gagnerons cet ultime combat. Je serai le dernier, *le der des ders.*

C'est là que le *Généralissime* a pris la parole pour dire sa fierté de me compter dans ses rangs. Il nous a loué la vaillance de ceux qui l'entourent dans cette mission. Une équipe aguerrie aux missions les plus délicates qui m'épaulera jusqu'au bout.

Je n'en voyais plus la fin. Je n'avais qu'une hâte : que cette cérémonie se termine !

Enfin, on en vint à l'essentiel. Solennellement, le

ministre épingla au revers de mon veston une nouvelle décoration avant de se pencher au-dessus de mon lit pour me donner l'accolade. Ainsi, contrairement à toute bien séance, à l'encontre des codes de l'armée, c'est le pistolet entre les jambes qu'on me fit les honneurs militaires !

Le ridicule de la scène que je t'ai décrite donne toute sa saveur au combat absurde dans lequel je me trouve engagé malgré moi. Je suis l'instrument d'une revanche qui ne dit pas son nom. L'enjeu me dépasse. Je suis impuissant à enrayer la machine qui s'est mise en marche. Je suis condamné à subir, comme sur le champ de bataille, au nom de la raison d'état, la logique absurde de ceux qui nous gouvernent.

Je garde courage.

Ton petit soldat.

LETTRE : 12

Communications

Vendredi 28 décembre 2007

Ma chérie,

Ton absence m'est chaque fois plus cruelle encore lorsqu'approche le jour de Noël. Aussi, depuis que nous avons été séparés, j'accorde peu d'importance aux festivités qui entourent cette date. Lorsque tout un chacun se réjouit des retrouvailles et des offrandes que promet cette fête, je fuis pour ma part toute cette agitation et me retranche dans mes souvenirs. Là, je me réchauffe seul aux braises d'un foyer que j'entretiens en secret.

Toi qui sais tout cela, tu imagineras sans peine ce que j'endure ici depuis plusieurs jours. À l'approche de cette date fatidique, j'ai senti qu'une excitation générale s'emparait peu à peu du service. L'humeur était à la fête. Quelque chose se préparait à mon insu. Tout le monde redoublait de prévenance à mon égard. Je craignais le pire. De quelles saugrenues festivités allait-on m'accabler à l'occasion du jour de l'année où je jalouse plus que tout ma solitude ?

Pour échapper à ce calvaire, j'ai imaginé simuler une soudaine fatigue. Ainsi, je garderais le lit, on m'épargnerait visites, et agitation. En aucun cas je ne souhaitais me joindre aux autres pensionnaires à l'occasion de l'animation que leur préparait sans doute le personnel. Pour ne point chagriner les infirmières, je feins d'être déçu de devoir garder la chambre un soir de réveillon. À ma grande surprise, elles n'en furent pas attristées. Ce que je leur annonçais n'avait en rien dissipé cette bonne humeur agaçante qu'elles affichaient depuis quelque temps.

Malgré tout, j'étais soulagé. Au matin du 24 décembre, la journée s'annonçait pour le mieux. Je m'apprêtais à savourer cette solitude qui ne m'est jamais si agréable que lorsque partout ailleurs, je sais les gens réunis bon gré, mal gré à l'occasion d'une fête convenue par le calendrier.

Aussi, c'est de bonne humeur que, vers trois heures de l'après-midi, je me réveillai de ma sieste. À mon grand étonnement, deux infirmières se trouvaient au pied de mon lit, plantées là, le sourire aux lèvres. Elles m'avouèrent avoir guetté mon réveil avec impatience. Une surprise m'attendait, me dirent-elles, tandis qu'un frisson d'effroi me parcourait des pieds à la tête.

Elles sortirent de la chambre toutes excitées en laissant la porte ouverte derrière elles. Quelques instants après, je vis apparaître dans son embrasure une machine montée sur un chariot à roulettes. Un jeune homme poussait celui-ci, aidé en cela de mes deux infirmières. L'engin était affublé d'un écran. Ma première pensée fut qu'on m'apportait là un nouvel instrument médical. On allait me soumettre à de nouveaux examens ; j'avais sans doute un peu forcé le trait en simulant un moment de fatigue. Je m'en repentais déjà. Mais le jeune homme me fut présenté comme un technicien en informatique. Celui-ci m'expliqua que ce qu'il m'apportait était un ordinateur. J'étais bien avancé. Je n'avais jamais approché de près ou de loin une telle machine. J'ignorais jusqu'à son utilité.

C'est alors que le *Généralissime* apparut. Il tenait à m'expliquer lui-même le projet qu'il avait ourdi en secret pour m'en réserver la surprise. En ce jour si particulier, me dit-il pompeusement, il avait souhaité accomplir un geste symbolique pour l'histoire. Outre-Rhin comme ici, Noël est une fête synonyme de paix et de réconciliation. L'idée lui était ainsi venue de faire se rencontrer à cette occasion les deux derniers soldats encore en vie quatre-vingt-dix ans après la fin de la Première Guerre mondiale. L'un du côté allemand, l'autre du côté français. Franchir la distance qui nous sépare étant impossible à l'un comme à l'autre en raison de notre état de santé, c'est la technologie moderne qui allait permettre ce miracle.

Tandis que le médecin m'exposait son plan, le jeune homme s'affairait autour de la machine, les mains encombrées de divers fils électriques entremêlés. Bientôt, l'écran s'alluma. Puis il dirigea vers moi ce qu'il me dit être une caméra. L'instant d'après, j'eus la surprise de voir apparaître sur l'écran la tête d'un homme. Bien que l'image fût agrandie par une manipulation du jeune technicien, je la distinguais mal. Je fus bien en peine d'admettre ce que m'affirmait enthousiaste le médecin : cette tête était la mienne. J'eus plus de mal encore à croire ce qu'il m'annonça. Bientôt, cette image de moi apparaîtrait sur l'écran d'un autre ordinateur disposé au chevet du soldat allemand. Et de la même manière il me serait possible de le voir, lui, bien que vivant à des centaines de kilomètres d'ici, sur l'écran que j'avais sous les yeux.

Tu le croiras si tu veux, mais ce miracle se réalisa. Mais ceci juste l'espace d'un instant. Comme par une apparition surnaturelle, à côté de mon visage surgit celui d'un autre homme. Je serais bien en mal de te le décrire. Ses traits étaient encore plus indistincts. L'image sombre était animée de soubresauts. Une voix se fit entendre, lointaine et saccadée. Il m'a semblé distinguer quelques mots en allemand. Mais rien de compréhensible. C'est alors que le *Généralissime* a tenté d'établir la communication dans un allemand qui pour correcte qu'il fut n'en était pas moins parasité par un dommageable accent français.

Puis, satisfait, il m'a invité à dire quelques mots à la forme aux contours flous qui bougeait par saccades sur l'écran.

On me prenait par surprise. Je me sentais ridicule et engoncé. Quelles paroles solennelles pouvais-je bien improviser en ce moment historique ? On m'invitait à parler à un homme que je ne connais pas, par l'entremise d'une machine dont le fonctionnement m'est totalement étranger.

Heureusement, l'échange fut bref. J'eus tout juste le temps de bafouiller un bonjour timide : l'apparition avait disparu. Elle avait soudain laissé place à l'écran noir où se reflétait mon visage bouche bée, devant lequel je pris toute la mesure du ridicule de la situation.

Aussitôt, le technicien s'est affairé sur la machine pour tenter de la remettre en marche. Il passa ainsi une bonne dizaine de minutes à tripatouiller câbles et boutons. Lorsque le *Généralissime* lui manifesta son impatience, il perdit son calme, devint nerveux et s'empêtra davantage encore dans son fourbi.

Au bout d'un temps qui me parut interminable, le médecin décida de mettre fin à cette tentative de communication entre les lignes françaises et allemandes. L'entreprise était un échec. Cette expérience de fraternisation avait échoué. Le plus attristant pour le médecin était que cet échec ait incombé à notre camp. Les moyens mis en œuvre de notre côté n'avaient pas été à la hauteur. Cela attestait d'un retard technologique certain sur la partie adverse.

Le *Généralissime* s'en retourna sans un mot, visiblement meurtri par cette déroute. À sa suite, le personnel quitta ma chambre, suivi du jeune homme tractant sa machine qui avait rendu l'âme.

La surprise annoncée m'ayant finalement causé du désagrément, personne n'osa plus me déranger après cet incident. C'est ainsi que je trouvais une paix inespérée. Et c'est en la seule compagnie de ton souvenir que j'ai finalement passé l'un des plus agréables réveillons qu'il m'a été donné de vivre ces dernières années.

Je t'embrasse tendrement. Joyeux Noël.

Ton petit soldat.

LETTRE : 13

Contre-attaque

Vendredi 11 janvier 2008

Ma chérie,

Voici une nouvelle année qui commence. Je pressens que pour moi, celle-ci sera la dernière. Quoi que puisse en dire l'équipe médicale et malgré tous les vœux de bonne santé qui m'ont été adressés par courrier, je sais que je n'en verrai pas le bout. Les médecins ne se fient qu'aux résultats de mes examens médicaux. Tous ces gens qui m'écrivent ne connaissent de moi que les récits romancés de ma vie que diffuse la presse. Mais en réalité mon moral est au plus bas. Je suis accablé par la vacuité du combat dans lequel on m'a engagé. C'est une véritable bataille à laquelle se livrent désormais le camp allemand et le camp français. Une rivalité s'est établie entre les deux services médicaux. Celle-ci tourne désormais au conflit ouvert. L'enjeu me dépasse.

Ces derniers jours, le *Généralissime* m'était apparu

sombre et peu bavard. J'ai compris que l'échec de la tentative de communication informatique entre les lignes allemandes et françaises l'avait profondément meurtri. Cet incident avait mis en évidence notre infériorité technologique. Il s'était alors promis de contre-attaquer. Pour ce faire, et afin de garantir à notre camp toutes les chances de succès, il a choisi d'affronter l'adversaire sur un autre terrain. Pour cela, il a opportunément mis à profit la visite qu'une délégation allemande est venue me faire la semaine dernière.

J'ai cru comprendre que l'initiative de ce voyage incombait au médecin qui là-bas s'occupe du dernier soldat allemand. Celui-ci avait, à demi-mots et sournoisement, proposé cette rencontre comme une nouvelle occasion de dialogue après l'échec cuisant pour notre camp de la tentative réalisée par le biais de l'ordinateur. Il était porteur d'une lettre de son patient qu'il souhaitait me remettre en mains propres. Ainsi, il nous signifiait clairement qu'il est sage de s'en remettre aux vieilles méthodes de communication lorsqu'on ne maîtrise pas les nouvelles technologies…

D'abord réticent devant cette initiative, le *Généralissime* avait finalement jugé que cette rencontre serait l'occasion rêvée pour une contre-attaque victorieuse.

La veille de l'arrivée des Allemands, ce fut ici un

véritable branle-bas de combat. Ma chambre a été nettoyée comme jamais elle ne l'avait été. Les murs ont été décorés avec les innombrables cartes de soutien que l'on m'a adressées de toutes parts à l'occasion du jour de l'An. Contrairement aux consignes qui prévalent dans un hôpital, une bonne dizaine de vases garnis de bouquets de fleurs ont été placés partout où cela était possible. Sans doute en aurait-on disposé davantage si une grande partie de la chambre n'était encombrée par les appareils médicaux flambant neufs dont l'hôpital s'est récemment pourvu. Ainsi, il n'était plus possible à notre visiteur de douter un instant du soutien de la France toute entière dans mon combat.

Le médecin allemand fut cordialement accueilli. Nous nous livrâmes à un échange d'amabilités auquel notre invité eut la délicatesse de se prêter dans la langue de Voltaire. Il maîtrisait si bien notre verbe que son homologue français n'essaya même pas de lui rendre la politesse dans l'improbable jargon avec lequel il s'était ridiculisé quelques semaines plus tôt au micro d'un ordinateur défectueux.

La discussion tourna tout de suite autour de ma santé. Comme je pouvais m'y attendre, le médecin allemand, à l'image de son confrère, porta plus d'attentions aux informations que délivraient les machines sur mon état qu'à ce que je pouvais bien lui en dire.

Il ne sembla nullement impressionné par le déploiement de matériel que l'on avait préparé pour son arrivée. Il fit front sans ciller. Il eut même l'aplomb de souligner, l'air de rien, qu'un de ces appareils était de marque allemande. Mais l'offensive française n'avait pas encore été lancée. En fin stratège, notre *Généralissime* avait ourdi un plan de bataille en règle.

Il fit donner la cavalerie sous la forme d'une troupe de confrères, tous éminents dans leur spécialité, qu'il avait invités spécialement à mon chevet pour l'occasion. Ceux-ci pénétrèrent par surprise dans ma chambre selon le schéma d'offensive soigneusement établi. Le médecin allemand ne put cacher son étonnement. Il semblait même décontenancé par les titres et références de ceux que lui présenta de façon cérémonieuse son confrère français. Que tant d'éminences soutiennent l'équipe qui m'entoure ne pouvait qu'impressionner le camp adverse.

Une seconde offensive fut lancée avant que notre invité n'ait eu le temps de se ressaisir. Une infirmière, qui n'était pas de celles qui d'ordinaire s'occupent de moi, mais dont je remarquai la singulière beauté, pénétra dans la chambre, tenant à la main un appareil téléphonique. Elle se dirigea vers le *Généralissime*, et s'adressa à lui avec une solennité respectueuse qui tranchait avec la réserve distante qu'affectent d'ordinaire les infirmières du service à son égard. Elle lui tendit le téléphone et annonça à haute voix, afin que tout le monde puisse l'entendre, que le ministre de l'armée en personne, désirait s'entretenir avec lui. Poliment, il s'excusa auprès de ses confrères et disparut dans le couloir.

Parmi les médecins présents, aucun n'essaya de rompre le silence qui avait succédé au départ du *Généralissime* et qui, visiblement, entretenait le malaise de l'Allemand. Aussi, c'est avec soulagement qu'il vit réapparaître son confrère. Celui-ci, radieux, annonça à toute l'assemblée que le ministre avait décidé de me remettre prochainement la plus haute distinction militaire. Notre visiteur, d'abord décontenancé, ne sachant quelle posture de circonstance adopter, se joignit à la salve d'applaudissements qui de façon incongrue rompit le silence de mise dans un hôpital. Attirées par le bruit, infirmières, aides-soignantes et femmes de service, accoururent pour amplifier par leur participation le tumulte qui régnait dans ma chambre. Toutes nos troupes étaient désormais lancées dans l'offensive, l'ennemi était cerné, submergé, acculé contre le mur de ma chambre, ballotté par la foule qui emplissait désormais son espace.

En voyant notre Allemand ainsi désorienté, j'éprouvai une soudaine sympathie pour lui. Son étonnement trahissait la faiblesse d'un homme qui au premier abord m'était apparu serein et sûr de lui. Sur son visage, se lisait la surprise face aux honneurs qui m'étaient fait pour donner la mesure de l'appui national dont je bénéficie. Je dissimulai celle que me provoquait l'annonce spectaculaire ce jour-là d'une nouvelle dont j'avais été informé depuis plusieurs semaines déjà !

Par mon silence, malgré moi, je participais à la stratégie de mystification orchestrée par le médecin-chef pour miner le moral de l'ennemie. La victoire devait passer par là. Il fallait convaincre le camp adverse que nous étions plus forts, plus armés et plus solidaires dans le combat pour ma propre survie.

Le *Généralissime* triomphant ne laissa à personne d'autre le soin de donner l'estocade. Lui qui chaque jour m'enjoint de garder le lit, de me ménager, de ne pas faire le moindre effort, m'annonça devant l'assemblée qu'il ferait en sorte que je me déplace en personne jusqu'au palais de l'Élysée pour recevoir ma décoration des mains de président.

Encore une fois, je ne dis mot, pour ne pas trahir le subterfuge de notre stratège qui mieux que quiconque savait que je n'ai plus la force d'accomplir une telle expédition.

Les coups portés à l'adversaire avaient fait mouche. Celui-ci avait battu en retraite, perdu son assurance. Mal à l'aise, il lui tardait visiblement de prendre congé de nous. Le moment venu, il me renouvela ses félicitations et me souhaita, le plus hypocritement du monde, une bonne santé et une longue vie.

Il avait tourné les talons quand il se souvint de l'objet principal de sa mission qui, dans la confusion, lui était sortie de l'esprit. Il revint vers moi et prit dans sa poche une lettre qu'il me tendit. Celle-ci, rédigée de sa main et traduite par ses soins, m'était adressée par son patient, le soldat allemand, dernier survivant outre-Rhin de la grande guerre. Ce dernier avait souhaité me transmettre un message pour sceller symboliquement l'amitié entre nos peuples au-delà du conflit qui nous avait mis l'un et l'autre face à face. Le médecin crut bon d'ajouter que cette initiative appelait une réponse de ma part. Sans conviction, je la lui promis pour ne pas l'accabler davantage dans sa déroute.

C'est ainsi que notre camp remporta une bataille décisive. Mais je ne le savais que trop : la guerre n'était pas encore terminée.

Ton petit soldat.

LETTRE : 14

Fraternité

Mercredi 2 janvier 2008

Cher Monsieur,

J'ai appris que vous étiez le dernier soldat français vivant ayant combattu durant la Première Guerre. Dans nos lignes, j'ai également l'honneur d'être le seul encore de ce monde. Je vous transmets donc mes respectueuses salutations militaires.

Nos armées se sont affrontées dans un combat acharné. Au-delà de la victoire ou de la défaite, nos deux nations ont enduré une commune souffrance. Auprès de votre peuple, vous demeurez le dernier témoin de l'horreur que fut cette guerre, comme je le suis pour mes compatriotes. Lorsque nous aurons rejoint dans la tombe nos camarades qui ne sont jamais sortis des tranchées, les livres d'histoire garderont seuls la mémoire de ce que fut cette guerre. Cette lettre sera à verser au fond des documents d'archives où puiseront les historiens de demain, soucieux de transmettre la réalité des faits aux générations futures.

Ceci est l'ultime message de paix que j'adresse aux enfants de nos deux grandes nations pour que plus jamais Français et Allemands ne se livrent à une telle boucherie. Notre devoir, à vous comme à moi est de répéter inlassablement ce message, tant que nous en aurons la force. La guerre ne résout rien. Tout doit toujours être mis en œuvre pour préserver la paix au-delà des revendications territoriales qui sont source de conflits entre les peuples. Chaque nation est souveraine à l'intérieur de ses frontières.

Mon état physique ne me permet pas de franchir celle qui nous sépare pour vous serrer la main. Ce geste symbolique, je l'accomplis par le biais de ce message. Fort du soutien de tout le peuple allemand, que je sais derrière moi en cette heure historique, je m'adresse à travers vous à tous les Français pour leur exprimer mon amitié. Je souhaite que les années à venir soient celles d'une entente cordiale et constructive.

Vive la France, vive l'Allemagne.

Helmut Deutch, Artilleur, 58e régiment, 48e batterie, 68e secteur.

LETTRE : 15

Insoumission

Vendredi 18 janvier 2008

Cher Monsieur,

On m'a obligeamment transmis votre message. Je prends acte des manifestations d'amitié du peuple allemand que vous avez eu pour mission de me faire parvenir. Cependant, je doute que la réponse qu'on me presse de vous faire trouve sa place aux côtés de votre lettre dans les archives de l'histoire de la Première Guerre mondiale. Je doute même, qui plus est, qu'elle ne vous parvienne jamais. D'ailleurs, je n'ai pas pris la peine de vous la faire traduire. À quoi bon ? Elle ne franchira pas vos lignes. Car je ne riposterai pas aux déclarations dithyrambiques d'amitié et de fraternité qu'on vous a enjoint de me faire par d'autres déclarations d'intention aussi mièvres. Je ne participerai pas à cette surenchère pacifiste.

Comprenez bien que vous n'êtes pas personnellement l'objet de mon humeur. Le sort, ou le destin, a voulu que nous nous trouvions face à face en cette heure que certains disent historique, tout comme il aurait pu nous confronter l'un à l'autre sur-le-champ de bataille. Tout autre que vous ou que moi aurait pu se trouver à notre place. Et dans cette situation, tout homme, qu'il fut allemand ou français aurait légitimement le droit d'agir comme vous l'avez fait. Comme moi, vous êtes victime d'une machinerie qui nous dépasse. On nous a investis d'une mission nationale : incarner cet idéal de paix et de fraternité entre les peuples.

Mais les raisons de la bataille dans laquelle vous et moi nous trouvons engagés sont ailleurs. Nous sommes devenus les héros, malgré nous, de cette guerre contre la mort. Une guerre contre notre mort à laquelle se livrent les services médicaux allemands et français qui nous ont enrôlés respectivement dans cette aventure. La victoire reviendra au camp qui aura su garder en vie son vétéran alors que celui d'en face ne sera plus. Quatre-vingt-dix ans après la signature de l'Armistice, le triomphe sera total pour le pays dont le soldat sera resté debout. Si j'ose m'exprimer ainsi, étant donné que depuis bien longtemps je n'ai plus la capacité de me mettre au garde-à-vous !

La victoire alors ne sera pas militaire, mais médicale. Les armes ont changé. Les munitions de balles et d'obus sont désormais remplacées par des cachets et des suppositoires. L'industrie de l'armement, si prospère durant la grande guerre est supplantée aujourd'hui par celle de l'industrie pharmaceutique. Certains se réjouiront de cet état de fait. Le combat pour la vie a remplacé le combat pour la mort. Un pays fort est un pays qui assure la plus grande espérance de vie à ses concitoyens. De cette démonstration de force nous sommes vous et moi les instruments.

Certains jours, il me semble revivre l'enfer que fut la Première Guerre mondiale. Comme lorsque j'avais vingt ans, je suis engagé malgré moi dans un conflit qui me dépasse. Il y a quatre-vingt-dix ans, mon seul espoir était de survivre au-delà de la fin du conflit. Aujourd'hui, le combat est plus acharné et le désespoir plus grand encore. Cette guerre ne pourra prendre fin autrement qu'avec la mort de l'un d'entre nous.

C'est pourquoi je ne me prêterai pas davantage à cette mascarade. Je ne délivrerai aucun message de paix et de fraternité. Je vous invite au contraire à manifester à votre tour votre insoumission face au système médical qui nie notre libre-arbitre sous le prétexte inavoué de notre sous-entendue sénilité. Ceci, de la même façon que le système militaire déniait aux très jeunes hommes que nous étions alors la légitimité d'une opinion différente de celle officiellement véhiculée.

J'ai bien conscience que cette lettre ne vous parviendra pas. Elle sera interceptée et censurée. Comme l'étaient les feuillets désespérés que j'écrivais dans les tranchées. Mais par cette lettre, je m'adresse à vous comme je m'adresse depuis plusieurs mois, depuis que cette épreuve a commencé, à celle que je n'ai cessé de chérir au-delà de la terrible épreuve que fut pour moi sa disparition. Tant pis si ces lettres que j'écris à une morte accréditent autour de moi l'idée selon laquelle je n'aurais plus toute ma tête. Je me sens plus proche d'elle que de n'importe quelle autre personne bien vivante et dévouée auprès de moi. Je me sens plus proche également de mes malheureux compagnons de tranchées. À travers vous, à qui j'écris sans espoir d'être lu, c'est à eux que je m'adresse. Et j'ai la certitude que je serai plus sûrement entendu et compris par mes correspondants d'outre-tombe que je ne le suis par les amis et médecins qui m'entourent.

Bien à vous,

Un simple patient, pavillon C, quatrième étage, chambre 421.

LETTRE : 16
Rêve

Vendredi 1ᵉʳ février 2008

Ma chérie,

Comme on pouvait s'y attendre, je n'ai reçu aucune réponse à ma lettre. Il me plaît d'y voir le signe qu'elle est parvenue à ses véritables destinataires : mes compagnons d'armes et toi. Même si, vraisemblablement, elle n'a pas franchi les murs de l'établissement où je suis reclus. À ce titre, j'ai bien peur qu'il en soit de même pour toutes les lettres que j'expédierai désormais. Voilà les méthodes d'un autre temps et d'un autre lieu. Croirait-on que je me trouve dans un hôpital ? Celui-ci semble en réalité s'être transformé en caserne. Il y règne la même absurde discipline. Les directives d'une hiérarchie militaire priment sur les règles de la déontologie médicale. Au regard de mon état de santé et de la sénilité supposée dont on m'affuble, j'ai été déclaré apte pour le service. Je suis la recrue idéale pour ce combat qui est désormais devenu un enjeu national.

Mais je me gausse de cette autorité qui me juge gâteux, et atteste de son égarement et de l'absurdité de sa mission en interceptant les lettres que j'expédie à une morte.

Comme tu l'imagines, l'atmosphère du service est devenue irrespirable. Combien de temps pourrais-je tenir encore ? Je ne supporte plus les inspections quotidiennes du *Généralissime*. Je dois ruser pour échapper à cette corvée. Lorsque je ne veux pas être dérangé, je fais semblant de dormir. Je ferme les yeux et reste immobile. Comme je ne vois rien et entend très mal, j'identifie ceux qui s'approchent à leur odeur et aux vibrations de leurs pas sur le sol de ma chambre. Je reconnais mon alliée à son parfum discret et à son pas rapide et léger. J'identifie l'ennemi à sa démarche lourde autant qu'à ce relent de tabac froid qui toujours l'accompagne. Alerté du danger par ces signaux, alors je fais le mort.

Lorsque la situation se présente, notre homme ne déroge pas pour autant à la routine de ses inspections. Il interroge et ordonne en direction de ses subalternes sans même faire l'effort de baisser la voix, certain que je suis résolument sourd comme un pot.

C'est ainsi que l'autre matin, où je m'efforçais par cette ruse de tromper l'adversaire, je me suis assoupi pour de bon. À défaut de quitter définitivement mon enveloppe charnelle, je m'échappais de ce lieu par le rêve. Voilà bien le seul moyen qu'il me reste pour faire la belle. Cette évasion qui ne comporte aucun risque est des plus agréables, même si au final on est toujours repris par la réalité.

Dans ce rêve, comme chaque fois, tu étais là. Moi engoncé et mal à l'aise dans mon uniforme mal saillant de poilu, toi légère et rayonnante dans ta robe d'été. Cette robe que tu portais ce matin-là, sur ce quai de gare où un mécanicien remplissait à grandes pelletées de charbon la chaudière d'une locomotive qui allait tracter des wagons pleins de jeunes hommes vers l'enfer.

Tu ne parlais pas. Tu te contentais de me sourire. Moi, j'avais plein de choses à te dire. Tout ce que par manque de cran ou par une pudeur déplacée, je n'avais pas su te manifester à dix-huit ans sur ce quai. Mais les mots ne sortaient pas de ma bouche. Malgré tous mes efforts, il m'était impossible d'articuler autre chose que des sons inaudibles. Ma mâchoire était comme ankylosée, j'avais perdu l'usage de la parole. Mon incapacité à m'exprimer me mettait en rage. J'en avais les larmes aux yeux. Alors, pour te masquer ma détresse, je voulus porter ma main au visage. Mais mon bras ne bougea pas. Il restait immobile le long de mon corps. Mon bras gauche ne m'obéit pas davantage. L'angoisse montait en moi. J'essayai alors d'avancer vers toi, pour te parler à l'oreille afin de me faire peut-être entendre et de cacher à tes yeux les lames que bientôt je ne contiendrais plus. À mon grand effroi, mes jambes ne répondaient plus. La panique s'était emparée de moi. Je balançais nerveusement ma tête de droite à gauche, la seule partie de mon corps qui voulait encore m'obéir, comme pour m'extirper de cette léthargie. C'est alors que je pris conscience de la situation dans laquelle je me trouvais. J'étais allongé sur un lit, paralysé tout du long. Toi, tu étais assise à mon chevet, vêtue désormais d'une blouse blanche, toujours souriante. La détresse que tu ne pouvais manquer de lire dans mes yeux révulsés, n'altérait en rien le regard doux et bienveillant que tu posais sur moi. C'est alors que tu t'es levée, lentement. Tu as déposé délicatement un baiser sur mon front. Puis, d'un pas léger, tu t'es dirigé vers la porte de la chambre. Je voulus te retenir, mais ne pus bouger. J'appelai ton nom, mais aucun son ne sortit de ma bouche. Une angoisse panique s'est alors emparée de moi. Un étau semblait enserrer ma poitrine. Je manquais d'air, je haletais, je suffoquais à mesure que tu t'éloignais de moi. Je crus m'étouffer lorsque tu saisis la poignée de la porte. J'agonisais, mon heure était arrivée. Mais soudain, au moment où tu entrouvris cette porte, un vent frais pénétra dans la chambre. Ce souffle bienfaisant m'enveloppa de la tête aux pieds, calmant mon agitation, desserrant l'étau sur mes poumons désormais emplis d'un air pur et vivifiant. Tu n'étais plus là, et pourtant j'allais mieux, j'étais apaisé. La porte était restée ouverte sur un ciel uniformément bleu. Ce bleu qui m'était d'un si grand réconfort, lorsque, par la grâce d'une accalmie, allongé sur le dos dans la boue des tranchées, je le fixais longuement pour me transporter par l'imagination en un lieu familier où par une sorte d'intuition, j'en étais certain, tu levais au même instant les yeux au ciel.

Je me souviens parfaitement de ce rêve car je suis revenu brutalement à la réalité. Mon *ordonnance* me secouait énergiquement de crainte que je sois mort tandis que je simulais un sommeil qui se prolongeait bien après que le *Généralissime* ait quitté ma chambre.

Si je t'écris aujourd'hui pour te raconter ce rêve, c'est que je crois en avoir compris le sens. Mais je ne t'en dis pas plus. Il convient d'être prudent au cas où mes lettres tomberaient entre de mauvaises mains.

Pour la première fois depuis plusieurs semaines, je reprends espoir. J'ai décidé, à cent-dix ans, de prendre mon destin en main. Il est temps de reprendre l'initiative.

Je te tiendrai au courant de la suite des événements.

Je t'embrasse.

Ton petit soldat.

LETTRE : 17

Evasion

Vendredi 14 mars 2008

Ma chérie,

Plusieurs semaines se sont écoulées depuis ma dernière lettre. J'espère que tu ne t'es pas trop inquiété. Mais mon *ordonnance* et moi avons été fort occupés.

J'ai pris une grave décision. Lorsque te parviendra cette lettre, je serai loin d'ici. Rassure-toi, je ne vais pas commettre de bêtises. Comme tu le sais, je ne suis pas homme à céder à de telles extrémités.

Les derniers événements m'ont poussé à agir afin de mettre un terme à toute cette mascarade. Depuis quelque temps, l'atmosphère est devenue pesante. Comme je m'y attendais, la lettre que j'ai adressée au soldat allemand a dû être interceptée. Cela expliquerait la froideur et la distance qu'affecte depuis le *Généralissime* à mon encontre. Car désormais, il ne peut plus ignorer l'opinion qui est la mienne sur le séjour que l'on m'impose ici. Pour autant, il ne semble pas vouloir en débattre avec moi. A-t-il d'autres alternatives que de poursuivre la mission qu'on lui a confiée en haut lieu ?

Devant cette impasse, j'ai décidé d'agir. Rien n'aurait été possible sans l'aide de mon ordonnance. Sensible à ma détresse, elle m'a mis en relation avec les membres de son réseau d'amis praticiens qu'elle a su rallier à ma cause. Pour leur sécurité, je tairai leurs noms. Chacun est introduit dans un lieu stratégique : un service spécialisé, une administration ou une instance décisionnaire. Ils ont pris des risques considérables pour leur carrière en dérogeant parfois à leur éthique professionnelle.

En secret, nous avons ourdi un plan d'action dans le but de permettre mon évasion de ce lieu. Je te résume l'affaire qui a pris plusieurs semaines et nécessité de mes complices et de moi-même les plus extrêmes précautions pour que ne soit découvert notre stratagème.

Le coup était simple et lumineux. Nous sommes partis du constat que je ne pouvais être exempté pour raison médicale du combat dans lequel on m'avait enrôlé malgré moi puisque le lieu de cette bataille se trouvait être un hôpital. Aussi, la solution était de simuler une maladie pour les soins de laquelle cet établissement n'est pas adapté.

Durant plusieurs jours, mon infirmière m'a fait parvenir et administrer en secret un médicament qu'aucun médecin du service ne m'avait prescrit.

Reconnu comme peu efficace dans ses indications, il est, par contre, particulièrement redoutable par ses effets secondaires.

Ceux-ci n'ont d'ailleurs pas tardé à se manifester. Le *Généralissime* ainsi que les autres médecins appelés à mon chevet ont eux toutes les peines du monde à diagnostiquer et à endiguer les troubles respiratoires dont je souffrais désormais. Parmi eux, un complice a suggéré que l'on sollicite les lumières d'un spécialiste éminent en la matière, lui-même impliqué dans notre machination. Celui-ci, après m'avoir ausculté, a émis de façon autoritaire et définitive un pronostic vital. Ses conclusions étaient radicales : mon état nécessitait un placement dans un établissement spécialisé.

Tout avait été parfaitement organisé et anticipé pour ne laisser aucune alternative aux autorités médicales. Ma santé primant sur la raison d'état, le *Généralissime* dû céder malgré ses réticences à voir partir celui qui depuis plusieurs mois avait attiré l'attention médiatique sur son service et sa propre personne.

Lorsque tu me liras, je ne serai plus sur le territoire français. Enfin, j'aurai fui ce morne champ de bataille pour les hauteurs des montagnes suisses. C'est là, dans ce pays neutre, étranger au conflit larvé qui oppose la France à l'Allemagne autour de ma personne, que se trouve l'établissement sanitaire le mieux adapté pour soigner le mal imaginaire dont je souffre. Derrière les frontières de ce pays épargné par la guerre qui fait rage ici, je ne serai plus un enjeu militaire. Je deviendrai enfin un patient comme les autres.

Ici, tout le monde s'en portera mieux. À commencer par mon *ordonnance* dévouée. De par l'enjeu, la pression de la hiérarchie et du *Généralissime* sur le personnel avait rendu ses conditions de travail très pénibles. Bientôt, faute de combattant de ce côté du Rhin, Français et Allemands seront bien obligés de conclure un Armistice tacite. Ainsi, la paix régnera enfin dans ce service.

Voilà les dernières nouvelles. Je pense qu'elles te soulageront après ces mois d'inquiétude entretenue par mes lettres. Sache que durant cette épreuve ton soutien spirituel m'a été des plus précieux. Ta présence auprès de moi, à travers le souvenir intact que j'ai conservé de tes traits comme de tes gestes, m'a été d'un grand réconfort.

Demain, lorsque je quitterai enfin ce lieu, au moment des adieux, je m'autoriserai enfin un baiser sur les joues de mon infirmière préférée. Je prendrai soin de fermer les yeux pour savourer ce contact avec la peau douce d'une femme et imaginer que je partage ce plaisir avec toi.

Ton petit soldat.

FIN   Paris, automne 2008

TABLE